Ferdinand Taubmann von Krsowitz

Laudons Leben und Heldentaten

Ferdinand Taubmann von Krsowitz

Laudons Leben und Heldentaten

ISBN/EAN: 9783743393110

Hergestellt in Europa, USA, Kanada, Australien, Japan

Cover: Foto ©Raphael Reischuk / pixelio.de

Manufactured and distributed by brebook publishing software (www.brebook.com)

Ferdinand Taubmann von Krsowitz

Laudons Leben und Heldentaten

Loudons
Leben
und
Heldenthaten

Loudons Abstammung, Geburt, Begebenheiten und die ersten Kriegsdienste.

Die Loudonsche Familie holet ihren ersten adelichen Ursprung aus der Normandie her. Sie hatte sich in der Folge nach Schottland begeben, dort sich in dem Besitz des Städtchen Loudun, das in der Grafschaft Loudon liegt, geschwungen, und von demselben den Nahmen erhalten. Dieß Städtchen ist eine der ältesten und ansehnlichsten Baronien der sehr großen Grafschaft Air in Schottland.

Mathias von Loudon, aus der jüngeren Linie des in Schottland ansäßigen Loudonschen Geschlechts abstammend, hatte sich von dort weggezogen, und sich im 14. Jahrhunderte noch in der Zeit, als der Deutschmeisterorden Liefland beherrschte, in dieses Land begeben. Eben dieser Mathias hatte durch seine daselbst erworbenen Verdienste von den Beherrschern des Landes das Indigenatsrecht erhalten, und in Folge dessen sich in den Besitz der zwey Rittergüter Loudon und Tootzen, welche im Wendischen Kreise Lieflands liegen, geschwungen. Das erste Gut bekam vom Loudon, dessen Erwerber, den Nahmen. Die Abstämmlinge von diesem Mathias von und zu Loudon blieben durch eine große Jahrenreihe im Besitze dieser beiden Güter Loudon und Tootzen.

Während d..... Zeit hatte sich ein Ast von den in Schottland verbliebenen Loudonschen Linien hoch emporgehoben; er hatte die Grafschaft Loudon, samt der Lords=oder Grafenwürde, für sich und seine Sprossen erworben.

Dieß und nicht mehr haben uns die Nachrichten aus den uralten dunkeln Zeiten vom Loudonschen Geschlechte überliefert.

Jetzt und seit geraumer Zeit besitzt die Loudonschen Familie in Liefland, das Gut Loudon nimmermehr, sondern nur das Gut Tootzen. Vor einigen Jahren war zwar das erstere im billigen Preise verkäuflich; allein der österreichische Held Loudon, Willens die Loudonsche Familie auch in den Staaten Oesterreichs zu gründen, wollte es auf keine Art erkaufen.

Nach der Mundart des Landes wird Loudon wie Laudon ausgesprochen; selbst sowohl in den Karten von Liefland, als auch in den geographischen Beschreibungen dieses Landes kommt das Gut Loudon, als Laudon, auch Laudhon angezeiget vor. Dieser Mundart gemäß nennet sich die Loudonsche Familie selbst, obwohl sie sich durchgehends Loudon schreibt, im Reden nicht anderst, als Laudon; auch

al=

alle Sachkundigen bedienen sich im mündlichen Ausdrucke bloß des Wortes Laudon.

Alle Loudonschen Linien, die schottländischen sowohl, als die liefländische führen ein gleiches Adelwappen, nur mit dem Unterschiede: daß sich in dem Wappen der liefländischen Linie annoch drey Bärentatzen gezeichnet befinden, die doch in dem der schottländischen nicht vorkommen. Der Unterschied rührt daher: Als in späterer Zeit Liefland unter die polnische Herrschaft gekommen war; so war ein König von Polen in der nächsten Gefahr, auf der Jagd von einem Bären getödtet zu werden. Ein Loudon erlegte den Bären. Die Loudonsche Linie in Liefland bekam von dem erretteten Könige daß Recht, in ihrem Wappen noch drey Bärentatzen zu führen. Jetzt und seit langer Zeit steht Liefland, wie es ohnehin bekannt ist, unter dem russischen Zepter.

Der Feldmarschall, Ernst Gideon, Freyherr von Loudon ist 1716 in Liefland auf dem Familiegute Tootzen geboren worden. Sein Nahmenstag der am Tag Gideons gefeyert wird, fällt auf den 10 Oktober.

Im Lande herrschet seit der Reformationszeit die evangelische Religionslehre. Durch einen genauen und praktischen Unterricht in derselben faßten die Gottesfurcht, Treue,

Rechtschaffenheit und die übrigen Tugenden eine tiefe Wurzel in dem Knaben. Wachsame Aufsicht und strenge Erziehung von Seiten seiner Eltern gewöhnten ihn bey Zeiten, den Weg der Tugend unabweichlich zu wandeln.

Weil er von seinen Knabenalter an eine große Lust und Hang zum Militarstande bezeigte, und immer nährte; so ließ ihm der Vater alle jene Kenntnisse beybringen, welche ihm zur Erringung einer Offizierscharge nothwendig waren.

Des Jünglings von Natur aus durchdringender Geist befaßte nicht nur die ihm mitgetheilten Kenntnisse im ganzen Umfange, sondern er legte sich von selbst, durch kriegerischen Hang und Eifer angefacht, noch mehrere in dem Militarfache und der Kriegskunst bey. In diesem Stücke war er sein eigener Lehrmeister. Er machte sich, unter andern, bey Zeiten mit den besten ältern und neuern Schriftstellern von militärischen Wissenschaften bekannt; sein Lieblingsstudium war Geometrie und Geographie.

Mit diesen Kenntnissen bereichert, brannte er vor Begierde, in die Kriegsdienste seiner souverainen Monarchinn einzutreten, so die mühsam erlernten Anfangsgründe der Kriegswissenschaften praktisch auszuüben, und sich den Weg zu Ehrenchargen zu bahnen.

Er

Er trat also 1732 bey dem russischen Infanterieregimente, Skapskowschen auch Pleßkowschen genannt, als Kadet in Dienste. Seine Kompagnie stand unter dem Hauptmann, Ulrich Sacken; sein Major nannte sich Treiben von Trotten; sein Oberster hieß von Kayserling.

Er hatte zwey Feldzüge im Kriege, den die russische Kaiserinn Anna gegen die Polen aus Gelegenheit der in der Republik entstandenen Unruhen 1733 und 1734 führte, nicht nur mitgemacht, sondern auch der Belagerung und Eroberung der Stadt Danzig 1734 beygewohnet.

Er war mit den Hilfstruppen, welche die russische Kaiserinn dem deutschen Reiche gegen die Franzosen an den Rhein 1735 sandte, ins Feld gezogen.

Unter eben dem erwähnten Regimente hatte er den ganzen Krieg, welchen die Russen gegen die Türken vom 1736 bis 1739 führten, ausgehalten und mitgemacht. Während dieser Türkenkriegszeit, hatte er, unter dem großen russischen Feldherrn Münnich, nicht nur der Belagerung und mit stürmender Hand erfolgten Eroberung der Festung Oczakow 1738 beygewohnet, nicht nur in der für die Russen sehr glorreichen großen Schlacht bey Stawutschane 1739 mitgefochten,

ten, nicht nur bey der darauf erfolgten Belagerung und Eroberung der Festung Chotim, sondern auch bey der Einnahme der Hauptstadt Jassy und der übrigen Moldau mitgewirket.

Unter den erwähnten Kriegsdienstjahren hatte sich Loudon vom Kadeten, durch alle Unteroffiziers und andere niedrige Stufen, bis zum Oberlieutenant hinaufgeschwungen.

Nach geendigtem Türkenkriege quitirte er als Oberlieutenant, selbstwillig, wegen erlittener unziemlichen Härte, in Friedenszeiten die russischen Militardienste, und trat aus selben aus.

Es fieng bald der österreichische Successionskrieg an. Friedrich, König von Preußen fiel im Monat Dezember 1740 in Schlesien, im Frühjahre darauf die Franzosen und Baiern in Oesterreich ein.

Der kriegerische Hang Loudons entflammte ihn, gleich wieder ins Feld zu ziehen. Der eben im Kriege begriffene preußische Staat war ihm auf seiner weiten und kostspieligen Reise aus Rußland, der nächste; Kriegsdienste in der viel weiter entfernten österreichischen Monarchie zu suchen, so sehr er es wünschte, erlaubten ihm seine Verhältnisse nicht. Er gieng also den preußischen Monarchen um eine seinem erfochtenen Charakter gemessene Anstellung an.

Frie=

Friedrich setzte Mißtrauen auf die militärischen Kenntnisse Loudons; er gab auch die Aeußerung von sich: Der Mensch ist mir zuwider. Er schlug ihm die angesuchte Anstellung ab.

So sehr betrog sich in dem ersten Stücke der große Menschenkenner an dem jungen Krieger! — Vielleicht hat das gütige Verhängniß für das Haus Oesterreich gewachet, und den verborgenen Helden nicht wider selbes, sondern wider dessen Feind erkohren. — So richtig traf die Aeußrung mit dem Erfolge zu! —

Nun setzte der vom Friedrich Verkannte seine Reise nach Wien fort. Es währte jedoch sein Kummer nicht lange.

Oberster Baron von Trenk, der Anführer des Kroatenkorps, die man damals Panduren nannte, und Loudon kamen in Wien in der Kärntnerstrasse, durch einen glücklichen Zufall, in das nämliche Gasthaus, in die weise Schwan zu wohnen. Trenk erfuhr bald das Daseyn Loudons, den er vorlängst in russischen Kriegsdiensten kennen gelernet. Er ließ ihn zu sich bitten; besprach sich mit ihm, und both ihm von selbst, bey dem ersten Besuche, bey seinem Korps eine Kompagnie und Hauptmannsstelle an. Loudon nahm sie ohne Bedenken an, und gieng alsbald, dem zu gleicher Zeit vom Trenk empfangenen Befehle gemäß, zu dem Korps nach Schlesien ab. Dieß geschah 1741.

Unter dem Trenkischen Korps empfieng der wackere Hauptmann in einem scharfen Gefechte, wobey er heldenmüthig focht, durch einen feindlichen Flintenschluß im hohlen Leib eine tiefe Wunde.

Hier stieg Mathesen, Loudons Landsmann und Kriegsgespann, der in der Folge Freyherr, Inhaber eines Regiments und Feldzeugmeister wurde, von seinem eigenen Pferde, und ließ vermittelst dessen den schwer Bleßirten, zur Pflegung der Wunde, vom Kampfplatze fortbringen.

Obschon die Wunde glücklich geheilet wurde, so zog sie dennoch für den Hergestellten unangenehme Folgen nach sich. Dieser Bleßur schreiben die Aerzte die Magenkrämpfungen zu, benen Loudon von sehr langer Zeit her und bis itzt unterworfen ist.

Es fallen ihn jedoch die Krämpfungen sehr selten an; sind gering, durch bereits geprüfte Mittel leicht heblich und von keiner weiteren Folgenwirkung. Auch die gegenwärtige hierin und in einem geringen Katharre bestehende Unpäßlichkeit des Helden, bey seinem jetzigen Winteraufenthalte in Wien, läßt nichts Böses besorgen.

Als Trenk seine Truppen vor dem General Keil in Schlesien paradiren ließ und dieser unter denselben Loudon ersah; so machte er von ihm dem Trenk diese Stichfrage: was haben Sie da für einen jungen Hautpmann?—

Als

Allein Trenk erwiederte unvorzüglich: ja, er ist jung, aber er verdient ein Regiment zu kommandiren.

Den 1 May 1746 wurde Loudon, unter eben dem Trenkischen Korps, das um diese Zeit eine Zerrüttung litt, zu den Likanern als Hauptmann gesetzt.

Die rußische Kaiserinn Elisabeth hatte 1747 den trefflichen Hauptmann, sammt den übrigen in österreichischen Kriegsdiensten gestandenen Liefländern, durch ein öffentliches Avokationsedikt in sein Vaterland zurückgerufen. Aber dem Loudon war schon Oesterreich, dem er bereits die Treue geschworen, sein liebes Vaterland. Er that Verzicht auf alle die Vortheile, die seiner in der Vaterstätte warteten, und ihm durch sein Ausbleiben entgiengen; er ließ vorsetzlich die zur Rückkehr bestimmte Zeit verstreichen, und blieb in österreichischen Diensten.

Hier gab er die erste und ungezweifelte Probe seiner großen Ergebenheit und Anhänglichkeit an Oesterreichs Staatskörper und dessen Beherrscher.

Loudon zum Siegen erkohren, war auch im sittlichen Verstande ein Sieger. Sein hoher Geist erhob sich über Zwiespalt der Religionen, die bloß eine dunkle Dogmatik hie und da trennet, das Uibrige aber und die reine

Mo=

Moral, das wahre die Menschheit zusammen-
knüpfende Bund, trefflich vereiniget. Er hatte sich, da er einem katholischen Staate diente,
zu dessen Religion 1747 bekennet.

Dem österreichischen Successionskriege ver-
schafte der 1748 zu Aachen geschlossene Friede
ein Ende.

Nach hergestelltem Frieden verfiel das
ganze Trenkische Korps in die Reduktion.
Dieses unglückliche Loos traf auch Loudon,
und drückte ihm eine geraume Zeit unausgesetzt fort.

Er suchte zwar mehrmals, seinem erworbenen Charakter gemäß, wieder bey der k. k.
Militz angestellt zu werden; er hielt sich zu
diesem Ende sogar in Wien durch längere Zeit
auf. Aber fruchtlos war alles das Bemühen.
Der Mann seines Werthes bewußt, war,
nach der Sitte eines jeden hohen Geistes,
weit vom Kriechen entfernet.

Einkünftenlos, von der Hausunterstützung
zu weit entfernet kam Loudon in Wien in einige Verlegenheit. Die Klugheit hieß ihn, die
seinem Stande angemessene Lebensart in billigen
Schranken zu halten.

Hierauf traf Loudon in Ungarn zu Pö-
sing an den Gränzen Oesterreichs, mit dem
Fräulein von Haagen eine vortheilhafte Heu-
rath. Dieselbe in Ungarn geboren, aus einem

nem verdienſtvollen, altadelichen, deutſchen Geſchlechte entſproſſen, hatte ihm nicht nur Tugend, Schönheit und innigſte Zärtlichkeit, ſondern auch ein Vermögen von einigen Tauſend Gulden zugebracht. In dieſer beglückten Ehe lebte er in ungetheilter Liebe, wahrer Freundſchaft und der beſten Harmonie immerfort, und lebt bis jetzt vergnügte Tage.

Nur die Amtsloſigkeit fiel dem Dienſteifer Loudons ſehr ſchwer. Gleichwohl aber ruhte, während der bitteren Ruhezeit, ſein thätiger Kriegsgeiſt nie. Es laß mit Eifer die Feldzüge der Helden der alten und neuern Zeit. Er verlegte ſich vorzüglich auf die Geometrie und Geographie; in ſeinem Zimmer ſah man faſt nichts anders, als Land= und Schlacht= karten; er arbeitete und zeichnete ſtets an Angriffs= und Rückzugsplanen. Hieburch hat er in der Kriegskunſt ungemein zugenommen.

Nach vielen fruchtloſen Verſuchen um neue Anſtellung, wandte ſich Loudon endlich an den Hofkriegsrath und General der Kavallerie, Grafen von Löwenwolde, einen gebornen Liefländer. Dieſer empfahl ihn dem Feldmarſchall Brown. Der Feldmarſchall ſtellte ihn bey den Likanern in Kroatien, abermal zum wirklichen Hauptman an.

Bald darauf wurde er, durch ſeine ausgezeichneten Verdienſte, bey den Likanern zum

Ma=

Major den 8 July 1750 ernannt. Ja er schwang sich, noch in Friedenszeiten, eben bey den Likanern zu der Würde eines aggregirten Oberstlieutenants empor

Der König von Preußen fiel 1756 den 29 August in Sachsen, bald darauf auch in Böhmen ein. Nebst andern Kroaten marschirten auch die Likaner ins Feld. Loudon brannte vor Begierde, mit ihnen in Krieg zu ziehen. Allein Petazzi, der kommandirende General in Kroatien wollte Loudon, auf Anleitung des Obersten Wehla, unter Vorgabe dieser Ursachen nicht ins Feld gehen lassen: **daß er weder zum Kriege tauge, noch sich die nöthige Feldequipage anschaffen könne.**

Der Gekränkte, um durchzudringen, begab sich nach Wien, und gieng zu diesem Ende den Feldmarschall Neipperg an. Allein dieser schlug ihm sein Begehren rund, und mit dem Vermelden ab: **Auch ohne Sie kann der Preußenkrieg geführet werden.**

Loudon nahm seine Zuflucht abermal zu dem General Löwenwolde. Dieser empfahl ihn, durch ein eigenes Schreiben, dem gegen die Preußen kommandirenden Feldmarschall Brown. Der Feldherr begehrte Loudon zu sich ins Feld.

Nun

Nun wurde Loudon in Wien aufgesucht, zum wirklichen Oberstlieutenant des Likaner Regiments 1756 bekretirt, und zu der Armee nach Böhmen abzugehen beordert.

Sein Hauswesen für seine längere Abwesenheit zu ordnen, reisete er nach Kroatien zurück. Darauf trat er alsbald seine Reise zu der Armee an.

Die Wiener Hin - und Herreise hatte seinen Geldvorrath erschöpft. Das wenige, zur Bestreitung der Reise nach Böhmen gewidmete Geld wurde auf der Dahinreise sehr schütter; ihm gebrach auch die erforderliche Feldausrüstung. Zu Laibach entdekte er seine Beklemmung dem Wechsler Weitenbiller. Dieser schoß ihm ohne Bürgschaft und Pfand, auf blosses Geradewohl, 1000 fl. großmüthig vor.

Loudons Heldenthaten in kleinen Kriegen gegen die Preußen.

Loudon konnte bey der Armee in Böhmen nicht eher eintreffen, als bis der erste Feldzug vom 1756 ganz vollendet war, und dieses Jahr sich seinem Ende nahete. Aber gleich von seiner Ankunft an, fiengen seine Thaten auf der Kriegsbühne zu schimmern an.

Nach-

Nachdem der König, nach der für die Kaiserlichen den 1 Oktober 1756 ziemlich glücklich ausgefallenen Schlacht bey Lobofchitz, nach Sachsen zurück in die Winterquartiere eingezogen war; so beschlossen die Generale Maquire und Löwenstein, die sich sicher geglaubten Preußen in ihren Winterquartieren zu beunruhigen, einen Einfall in die Lausnitz den 20 Februar 1757 zu machen, und dort das bey Hirschberg in Verschanzung gestandene Bataillon dem Prinz Heinrichischen Infanterieregimente aufzuheben. Der Angriff darauf geschah in drey Kolonen; der Marsch dahin gieng in der Nacht, durch beschwerliche, mit Eis und tiefem Schnee bedeckte Wege, vor sich. Die vom Loudon angeführte Kolonne hatte die gefährlichste Seite, die mit zwey Kanonen besetzte Redoute anzugreifen. Loudon griff um 5 Uhr in der Frühe die Redoute mit kühner Entschlossenheit an, überwaltigte alle Hindernisse, drang in die Verschanzungen herzhaft ein; und da die übrigen Kolonnen von andern zwey Seiten zugleich einbrachen; so wurde das ganze Bataillon, seines tapfern Widerstandes ungeachtet, gefangen genommen.

Feldmarschall Brown erließ an den General, Grafen von Löwenwolde ein eigenhändiges Schreiben, in welchem er ihm einen großen Dank da=

dafür abstattete, daß Löwenwolde ihm einen so wackern und braven Krieger empfohlen habe.

Der Tapfere wurde zur Belohnung zum Obersten den 17 März eben desselben Jahres erhoben.

Nun wurde dem Obersten ein geübter Sekretar, zur Abfassung der Berichte und anderer Aufsätze, unumgänglich nothwendig. Auch hierin erwies Löwenwolde seinem würdigen und erhabenen Klienten ein schönes Freundschaftsstück. Er trat ihm seinen eigenen Haussekretar, Namens Rüsten ab; ungeachtet er diesen geschickten Mann selbst sehr hart entbehrte.

(Bald nach eröffnetem Feldzuge, fiel die große Schlacht bey Prag den 6 May 1757 vor. Der rechte Flügel der Kaiserlichen schlug den Schwerinschen wiederholtermalen und aufs Haupt mit einem Verluste von 12,000 an Getödteten und Verwundeten, und 3000 an Ueberläufern; der siegende Flügel hatte sich schon vieler Gefangenen, Fahnen, Standarten und 16 Kanonen bemächtiget. Brown schwer verwundet, nach Prag geführt, erinnerte öfters mit Nachdruck, dem fliehenden Feinde ja nicht nachzusetzen. Nun führte Prinz Karl allein das Kommando. Der siegende Flügel verfolgte zu hitzig die Geschlagenen, trennte sich dadurch zu weit von dem linken Flügel. Der König

B   spreng=

sprengte mit der leichten Kavallerie in die große Oefnung, machte dadurch die Wiedervereinigung der Flügeln unmöglich; die Verwirrung war allgemein. Doch glückte es beyden Flügeln, durch die Tapferkeit des Grenadierkorps und durch Verdeckung der Staubwolken, sich in die befestigte Stadt Prag mit einem Verlust von 7000 Mann zu werfen. Nur ein Theil der flüchtigen Armee zog sich nach Beneschau, und vereinigte sich nachher mit dem Feldmarschall Daun.)

Während der Belagerung Prags machten die Eingeschlossenen, deren Armee noch aus 46,000 Mann bestand., mehrere Ausfälle. Bey allen diesen Ausfällen war der Oberste Loudon gegenwärtig, und ließ überall vielen Muth und Klugheit von sich blicken.

(Daun rückte mit seiner Armee gegen Prag vor, um die beängstigte Stadt zu entsetzen. Der König marschirte ihm entgegen, und stand schon den 18. Juny bey Planian. Daun stellte sich auf sehr vortheilhaften Posten in Schlachtordnung. Friedrich machte großes Bedenken, ihn dieser Lage in anzugreifen. Dessen ungeachtet gab er den Befehl, gegen ihn Nachmittags um 2 Uhr den Angriff zu machen. Allein nach 7 wiederholten Angriffen wurde die preußische Armee aufs Haupt geschlagen. 7000 Preußen blieben auf dem Platze, 8000 wur=

wurden gefangen, bey 15,000 rißen aus; 22 Fahnen, und 45 Kanonen wurden erobert. Durch diesen herrlichen Sieg wurde Prag entsetzt.

Nach erfolgtem Entsatze Prags, schien Loudon überall gegenwärtig zu seyn, wo es Gefahren und Scharmützeln gab. Täglich suchte er Feinde auf, um ihnen durch kleine Kriege Abbruch zu thun. Binnen 50 Tagen hatte er 2000 Preußen gefangen, 10 Kanonen, viele Wägen, und andere Güter erbeutet eingebracht.

Noch in eben diesem Jahre 1757 wurde er den 25. August zum General-Feldwachtmeister, oder Generalmajor ernannt.

(Nach der siegreichen Schlacht bey Planian vereinigten sich beide Armeen in Eine zusammen. Nun führte Prinz Karl das Oberkommando über dieselbe. Den 16. September 1757 wurde der preußische General Winterfeld bey Görlitz wacker geklopft. Haddick überrumpelte Berlin den 16. Oktob. Schweidnitz wurde den 12 November erobert. Den 22. November wurde die bebernische Armee in ihrem verschanzten Lager bey Breßlau geschlagen, der Prinz von Bevern zum Gefangenen gemacht, und hierauf die Stadt selbst eingenommen. Die den 5. Dezember vorgefallene, überaus unglückliche Schlacht bey Leuthen ver-

zehrte ganz alle die gesegnete Erndte. Feld‑
marschall Daun wurde wieder Oberbefehlsha‑
ber der zerstreuten Armee.)

Alsbald hatte Daun dem General Lou‑
don das Kommando im Winter 1758 über
den Kordon gegen Sachsen anvertrauet. Die‑
ser hatte seiner Bestimmung, mit dem größten
Beyfalle seines hohen Vorgesetzten, Genüge ge‑
leistet.

Im Frühjahre, gleich bey Eröfnung des
Feldzuges, rufte ihn Daun zu sich nach Kö‑
niggratz. Von dort aus hatte Loudon seine
kleinen Siege sogleich wieder fortgesetzt, und den
berühmten preußischen Partheygänger Le Nob-
le etlichemal wacker gezüchtiget.

Im Monat May hatte Daun dem ta‑
pfern General das kleine Kreuz des Theresien‑
ordens, im Namen der durchlauchtigsten Stif‑
terinn, 1758 übergeben.

Als der König nach dem großen bey Leu‑
then errungenen Siege, nach Wiedereroberung
der Festungen Breßlau und Schweidnitz, im
Frühjahre 1758 mit seiner ganzen Macht ge‑
gen Ollmütz rückte; so hielt sich General Lou‑
don mit dem ihm anvertrauten Korps von
6000 Mann zu Landskron auf, und beobach‑
tete wachsam eine jede Bewegung der Preußen.
Er wußte dabey jede ihrer Absichten so sicher
im voraus zu bestimmen, und schlau zu hin‑
ter‑

tertreiben, daß sie, obschon sie auf seiner Seite vieles unternommen, dennoch nichts ausführen konnten; indem er alle ihre Anschläge in der Geburt erstickte.

Loudons Heldenthaten im Großen.

Doch dieß alles sind nur Vorboten weit herrlicherer Thaten.

Friedrich fieng vom 1. Juny eben desselben Jahres Olmütz zu belagern, und zu beschießen an. Hier erwartete er, zur nachdrücklicheren Beängstigung der Festung, einen großen, auf 4000 Wägen über Troppau gegangenen Transport von Geld, Munition, Gewehr und Montirungsstücken, nebst einer Bedeckung von 16000 Mann. Dieser Transport sollte, zur Befreyung der Festung, vom Loudon und Sißkowitz bey Domstädtl geschlagen, und weggekappert werden.

Zu dem Ende zog sich Loudon von der einen Seite an dem Gebirge gegen Domstädtl; traf bey dem Transportwege den 30. Juny schnell, und um 6 Stunden früher als Sißkowitz ein; griff muthig den großen Zug an, balgte sich allein durch ganze 6 Stunden mit den Feinden herum, erlegte ihrer sehr viele, und hatte er allein, schon 200 Wägen erbeutet.

tet. Erst am Abend des nämlichen Tages langte auch Sißkowitz auf der andern Seite über dem Mahrfluß an dem bestimmten Orte an. Nun kam der reiche Transport zwischen zwey Feuer, und wurde gänzlich geschlagen. 2000 Preußen blieben auf dem Platze, 700 geriethen in die Gefangenschaft. 1200 mit Geld, Montirung und Gewehr beladene Wägen wurden erobert; die Pulverkarren wurden in die Luft gesprengt; das Uebrige, was man aus Mangel der Pferde nicht fortbringen konnte, wurde zerstreuet und verderbet.

Dieser Schlag veranlaßte den König die Belagerung den 1. July aufzuheben, und da ihm auch Daun auf dem Halse saß, sich in die Lausniz zurückzuziehen.

Diese Heldenmüthige That verschaffte dem Loudon den 2. July 1758 die Würde eines Feldmarschallieutenants.

Nun führte der tapfere Loudon den Vortrab der Hauptarmee, mit welcher Daun dem König in die Lausniz nachgieng. Täglich beängstigte dabey Loudon den Nachtrab der preußischen Armee.

Weil die Russen damals die Festung Küstrin belagerten, so zog sich Friedrich eilig aus Lausniz nach Küstrin. Daun wandte sich nach Sachsen; Loudon allein folgte dem Könige nach. Aber bey dem Nachmarsche schwenkte sich Loudon

don in das Brandenburgische, und bemächtigte sich darin schnell der Festung Peiz; worinn er einen starken Kriegsvorrath antraf.

Als Friedrich, mit Hinterlassung einer kleinen Abtheilung, von Küstrin wieder wegflog, um gegen den sich mittlerweile in Sachsen sehr ausbreitenden Daun zu rücken; so griff Loudon, der getreue Gefährte des Königs seine Infanterie bey Zorndorf heftig an, und richtete unter ihr eine beträchtliche Niederlage an.

Hierauf schlug Daun den König den 14. Oktober 1758 bey Hochkirchen, und erfocht einen herrlichen Sieg. Loudon war bey dieser Schlacht ungemein werkthätig, und trug zu dem Siege sehr viel bey.

Durch so viele in diesem Feldzuge verrichtete Arbeiten wurde der wackere Loudon so sehr entkräftet, daß er in eine schwere Krankheit verfiel. Sein kostbares Leben zu retten, und den neuen Helden persönlich zu kennen, rufte ihn Maria Theresia nach Wien; wo er mit kaiserlicher Sorgfalt gepfleget, und zur allgemeinen Freude wieder hergestellet wurde.

Die Laibacher Schuld war schon lange vorher vom Loudon mit großer Dankbarkeit getilget.

Noch vor Abreise Loudons von Wien, wurde er, und das gesammte von Loudonsche Ge-

Geſchlecht den 27. Mårz 1759 in den erbländiſchen und Reichsfreyherrnſtand erhoben.

Die Kaiſerinn Maria Thereſia ernannte ihn zum Großkreuz des von ihr geſtifteten Thereſienordens.

Kaum war der würdige Feldherr bey ſeinem Korps zu Trautenau in Böhmen an den ſächſiſchen Gränzen angelangt; ſogleich fieng er an, die preußiſchen Truppen mit unaufhörlicher Beunruhigung zu beleben. Schon aus dieſem fühlte der König die Ankunft Loudons.

Selbſt Friedrich ſchätzte Loudon, auch mitten im Kriege, ſehr hoch. Als dem königlichen Hußaren das Generalmajors Dekret Loudons, in die Hände fiel; ſo ließ es ihm der König nicht nur durch einen Trompeter zurückſenden, ſondern ihm auch zu ſeiner Erhebung Glück wünſchen.

Nun beginnt der Zeitpunkt, wo Gideon Loudon auch als Alleinführer eines beträchtlichen Heeres die herrlichſten Proben ſeines Kriegsgenies, zur allgemeinen Verwunderung aufſtellte, und ſeine Sonne im vollen Mittagslichte zu glänzen anfieng.

Die Ruſſen zogen endlich aus Polen, unter Anführung des Generals Soltikow, zu Ende Juny 1759 an die brandenburgiſchen Gränzen, und eilten mit ſtarken Schritten nach Frankfurt an der Oder. Dann kehrte aus

Sach=

Sachſen nach Schleſien. Der König gieng den Ruſſen entgegen. Weil die ruſſiſche Kavallerie, bekanntermaſſen, zu leicht beritten, und eben darum nicht die beſte iſt; ſo wurde Loudon mit 20,000 Mann, meiſtens Kavallerie, den Ruſſen zur Hilfe geſchickt.

Der König griff die ruſſiſche Armee den 12. Auguſt an; ſchlug das erſte Treffen der Ruſſen gänzlich in die Flucht; erſtieg ihre Verſchanzungen, und eroberte alle Kanonen, die ſie vor der Fronte hatten. Es war aller Anſchein vorhanden, daß auch das zweyte hierauf angerückte Treffen gleiches Schickſal erleiden würde. Hier fiel unerwartet Loudon mit der öſterreichiſchen Kavallerie, und etlichen theils öſterreichiſchen, theils ruſſiſchen Infanterieregimentern über die muthigen Sieger her; ſchlug ſie aus dem Schlachtfelde in ihre Linien zurück, und beraubte ſie aller ſchon erfochtenen Vortheile. Unterdeſſen brachte Soltikow die Seinigen wieder in die Ordnung. Nun wurde der Feind mit doppelten Kräften verfolgt, und aufs Haupt geſchlagen.

An Getödteten und Verwundeten hatte der Feind einen Verluſt von 15,000, an Gefangenen von 7000 Mann; 60 Fahnen und Standarten, 24,000 Musketen und über 200 Kanonen wurden erobert. Dieſe Schlacht wird nicht nur Schlacht bey Frankfurt an der Oder, sondern auch Schlacht bey Kunnersdorf genannt.

Wegen der Rettung der rußischen Armee und des erkämpften glorreichen Sieges, sandte die rußische Kaiserinn Elisabeth dem Obsieger Loudon einen goldenen, reich mit Brillanten besetzten Degen.

Auch die Kaiserinn Maria Theresia belohnte diese große That; sie ernannte den Helden den 20. Nov. 1759 zum General=Feldzeug=meister.

Der Oberste und Anführer des zweyten Moskowschen rußischen Infanterieregiments, Karl von Schilling zeichnete sich in der erst erwähnten Schlacht sehr glänzend aus; er gieng einen ausgedehnten Berg um, fiel bey dem Loudonschen Angriffe den Preußen in die Flank, schlug sie in die Flucht, und eroberte 17 Kanonen. Dieser tapfere Soldat war schon von langer Zeit her ein inniger Freund Loudons, stand und focht mit ihm als Mitgespann, unter dem Skapskowschen rußischen Regimente, schon in den Jahren 1736. 1737. 1738. 1739., gegen die Türken. Auch sein jüngerer Bruder, Raphael von Schilling, Grenadier=hauptmann von eben dem Moskowschen Regimente kämpfte bey demselben Flankenangriffe sehr tapfer. Beide Brüder schwangen sich durch ihre Tapferkeit und ausgezeichnete Verdienste

hoch

hoch empor. Der erste wurde in Rußlands Kriegsdiensten General, und erhielt den St. Annenorden. Der zweyte quittirte die russischen Kriegsdienste, trat 1760 in die kaif. königlichen ein, und wurde noch vor Antritte derselben, auf die vom Feldherrn Loudon aus eigenem Antriebe gemachte Anempfehlung, zum Major ernannt; in der Folge wurde er durch seine erhabenen, sowohl im Felde, als auch außer diesem erworbenen Verdienste, Generalmajor, wirklicher Kämmerer, des Elisabethinisch = Theresianischen Ordens Ritter, endlich Reichsgraf. Dieser ist ein vertrauter und wahrer Freund des Loudonschen Hauses, und, neben seinem hohen Kriegsgenie und Muthe, ein Herr voll Güte, voll mitleidsvollen Gefühle und dem edelsten Herzen. Nach dieser in die Geschichte Loudons einschlagenden Erinnerung, will ich zu dessen Heldenthaten zurückkehren.

Nach dem bey Kunnersdorf erfochtenen Siege verließ Loudon solang die russische Armee nicht, bis er sie nach Polen in die Winterquartiere einbegleitet hatte. Allein, da hier seiner Armee Lebensmittel und alle übrige Bedürfnisse gebrachen; so mußte er auf den Rückmarsch Bedacht nehmen. Bey diesem hatte er mit Mangel an allen nothwendigen Artikeln, mit rauher Jahrszeit, mit Gefahren von Seiten der Preußen, die ihm aller Orten auflauerten, einen überaus harten Kampf auszuhalten. Aber seine Klugheit, Vorsichtigkeit, Herzhaftigkeit und Liebe seiner Truppen gegen ihn triumphirten über alle Beschwerlichkeiten und Gefahren. Er brachte sein Heer glücklich aus Polen in das österreichische Gebiet, wie Xenophon seine 10,000 Griechen aus Persien in ihr Vaterland, nach Bielitz und Ratibor zu Ende des Monats Nov. 1759 zurück.

(Unter der Zeit nahm Daun Dresden ein, und machte den berühmten Finkenfang bey Maxen, wo 16,000 Preußen, nebst ihrem General Fink, das Gewehr strecken mußten. Hierauf bezogen alle Armeen die Winterquartiere.)

In dem folgenden Feldzuge vom 1760 drang der tapfere Loudon den 24. May mit 34,000 Mann in das Glätzische ein, und fieng sogleich die Festung einzuschließen an. Allein, weil eher General Fouquet, der zugleich Schlesien zu decken hatte, auf die Seite geräumet werden mußte, bevor Glatz eingenommen werden konnte; so ließ Loudon die nöthige Belagerungsmannschaft vor der Festung zurück, und gieng mit dem übrigen Korps auf den Fouquet los. Dieser war bey Landshut auf dem Buchberg und 10 andern Bergen mit Gräben, Schanzen, Pallisaden, Zugbrücken, Blockhäusern und Batterien dergestalt verschanzt, daß

sein

sein Lager eben so vielen Bergschlössern, als Abtheilnngen ähnlich sah.

Loudon griff ihn den 23. July in der Nacht, eben da er sich sicher dünkte, in seinen Verschanzungen an. Die Preußen leisteten den tapfersten Wiederstand; jeden Vortritt mußte Loudon mit neuer Tapferkeit bezeichnen. Er ritt mit unerschrockener Seele unter seine Truppen, um ihnen zum Eindringen Muth zu machen, mitten in den feindlichen Feuerregen hinein, so daß in seinen Rock eine kleine Kugel einflog.

Nun trieb der mit unabläßlichem Muthe beseelte Feldherr den Feind aus seinen Verschanzungen von einem Berg auf den andern, und so von allen Bergen herab; er warf ein Bataillon nach dem andern über den Haufen. Der Rest der Preußen wurde hinter Leppersdorf in einen Haufen zusammengejagt. Da ordnete Fouquet den aus 9000 Mann bestandenen Rest in ein Quaree (Viereck); allein von den Oesterreichischen Truppen von allen Seiten umrungen, mußte er das Gewehr strecken.

Fouquet und die 9000 Mann wurden gefangen genommen; 58 Kanonen, 35 Fahnen, 2 Standarten, und ein paar silberne Paucken vom Platenschen Regimente, wurden erobert.

Auch dieser siegreichen Schlacht wohnte Raphael von Schilling, der damahls die russischen Kriegsdienste schon verlassen hatte, als Freywilliger ruhmwürdig bey.

Kaum als der schöne Sieg vollbracht war; eilte der Held zu der Festung Glatz zurück.

Die Trenscheen waren erst seit dem 21. July eröfnet und die Breschebatterie war erst den 26. gegen die Nacht im ganz fertigen Stande. Sowohl die Trenscheen als die Batterie waren so nahe an die Festung angelegt, daß sie nur 200 Schritte von dem Glacis derselben entfernet waren. Die Batterie war so hoch aufgebauet, daß man von derselben den feindlichen Platz genau besehen und die Vorgänge darin deutlich abnehmen konnte.

Den 26. July ließ der Feldherr vom Tagesanbruch an die Festung beschießen. Er bestieg, während des Beschießens, die Batterie, besah von dem linken Flügel derselben genau den Platz und nahm deutlich wahr, daß die Besatzung von der neulichen Niederlage Fouquets noch ganz bestürzt, außer der gehörigen Fassung sey. Hier schlug er nicht vorerst das Taktik-und Kriegskunstbuch auf, sondern er gab selbst der Kriegskunst eine neue Regel. Er beschloß, an der Stelle die Gelegenheit zu benützen.

Am nähmlichen Tage, obschon bey weitem noch keine zum Ersteigen taugliche Bresche geschossen war, ließ er, durch einige Freywil=
li=

ligen und 1 Unterstützungs Bataillon vom Adam Bathyani unter Anführung des Obersten von Roubroi, den Sturm an die alte Festung des Platzes anlegen. Das treflich spielende Batteriefeuer beschützte die Bestürmer und begünstigte die Besteigung nachdrücklich. Die Bestürmer erstiegen mit Leitern, ungeachtet die Preußen einen ziemlich starken Widerstand thaten, die Bastionen glücklich und drangen in das Schloß. Ein beträchtlicher Theil der Besatzung wurde niedergemacht, der Rest gefangen genommen.

Die Besatzung von der sogenannten neuen Festung leistete noch Widerstand; sie that auf die Eroberungstruppen bis 20 Kanonenschüsse. Allein der Held ließ ihr keine Zeit sich zu erhohlen. Er ließ an eben dem Tage ein Bataillon Kroaten zum Sturm gegen das Schloß anrücken. Nun steckte der Kommendant weisse Fahne aus; übergab die Schlüssel des Schlosses und gab sich samt seinen Truppen, auf Diskretion, kriegsgefangen.

Durch diese ganz ungewöhnliche, nur außerordentlichen Kriegsgenien eigene Eroberungsart fiel die starke Festung Glatz samt 200 Kanonen binnen 6 Stunden in österreichische Gewalt; bloß der Hubertsburger Friedensschluß zwackte sie der kaiserlichen Hoheit wieder ab.

Vor

Vor dem Sturme in den Trenscheen büß= ten die Oesterreicher an Erlegten und Verwun= deten 200 Mann ein; im Sturme erlitten sie nur 64 Getödtete und 138 Bleßirte.

Jetzt wollte der schnelle Eroberer auch Schweidnitz und Breßlau, noch bevor der Kö= nig seinem nun offenen und beklemmten Schle= sien zu Hülfe kommen konnte, mit Beystand der Russen in Geschwindigkeit einnehmen. Al= lein diese wollten, zur Ausführung der Plans, mitwirkende Hand nicht reichen, und blieben mit gesammter Macht jenseits der Oder stehen. Der Plan mußte also unausgeführt bleiben.

(Während dieser Zeit vereitelten Daun und Lacy, jeder mit einem besonderen Heere, durch verschiedene Kunstzüge des Königs Ab= sicht, Dresden wider zu erobern, und andere Anschläge.)

Doch, nur die glücklichen Ausführungen Loudons, und die Gefahr, die dadurch dem von allen Seiten den Oesterreichern offenen Schle= sien bevorstand, bewogen den König sich von Dresden weg, nach Liegnitz in Schlesien im Mo= nat August zu begeben. Daun und Lacy folg= ten ihm nach, aber so, daß sie an das herbey= geeilte Loudonsche Heer nahe zu stehen kamen.

Daun, Loudon und Lacy beschloßen durch gemeinschaftliche Rathschläge, die königliche Ar= mee in der Liegnitzer Grube den 15. August 1760

1760 von allen Seiten anzugreifen. Loudon sollte in der Nacht mit 15,000 Mann über den Katzbach marschiren, und bey aufgehender Sonne den einen Flügel des Königs bey Hu= meln angreifen. Lacy sollte gleichfalls in der Nacht aufbrechen, und zu gleicher Zeit auf den andern Flügel den Anfall machen. So= bald beyde feindliche Flügel werden angegrif= fen worden seyn, dann würde auch Daun von der Fronte zu agiren anfangen.

Allein diese Absicht scheint dem Könige, und zwar, wie man behauptet, durch einen k. k. Offizier und Ueberläufer, Nahmens Brand, verrathen worden zu seyn. Er ließ, um den Daun zu täuschen, die Vorposten und Lager= wachen nebst einem kleinen Korps zurück; brach in der Nacht mit seiner Armee auf, und gieng dem Loudon entgegen. Beym Anbruch des Tages fanden Daun und Lacy ein leeres Lager, und konnten dem Loudon, wie man angibt, theils wegen der Entlegenheit, theils wegen der ungünstigen Lage der Sachen, nicht zu Hülfe kommen.

Bey anbrechender Morgenröthe fand Lou= don, daß die ganze Anhöhe von Beuthen, mit Reiterey und Fußvolk gleichsam gesäet sey. Er drang mit einer Abtheilung seiner Truppen so wirksam in die Feinde, daß sie sämmtlich alle über die Anhöhe zurückgepreilet wurden. Bey die=

diesem Vorfalle hatte er 800 Preußen gefangen gemacht, und 11 Fahnen erobert. Darauf ruhte er mit seinem Korps bey Strigau etwas aus.

Nun rückte Loudon 15,000 Mann stark, weiter vor. Der König gieng ihm, unter Verdeckung eines starken Nebels, mit 45,000 Mann entgegen. Schon donnerte das Geschütz eines vordringenden feindlichen Korps auf das Loudonsche Heer häufige Kugeln herüber. Hier sandte Loudon den freywillig dabey dienenden Raphael Schilling an den General Miflien mit dem Befehle ab, daß dieser sich mit seinen Grenadieren rechts halten sollte; der Feldherr selbst aber veranstaltete einen Angriff auf die anrückenden Preußen, er ritt zu dem Ende, mitten unter dem feindlichen Hagel, in Gesellschaft der Obersten d'Alton und Roubroi, die ganze Fronte seines Heeres vorbey, und forderte dabey die Beherzteren zum Angriffe auf, mit starker und wiederholter Stimme: Freywillige heraus! — Der Angriff geschah so, wie ihn Loudon verordnet hatte. Das vorgerückte Feindeskorps wich zurück.

Der König drang mit seiner Hauptmacht vor. Der Nebel verlohr sich um 6 Uhr. Nun hatte Loudon, nicht von Daun oder von Laci, sondern von seinen vorausgeschickten Kundschaftskorps, schon die bestätigte Nachricht, daß die ſtarke Macht des Königs gegen ihn im Anzuge ſey, er ſah es auch, nach verzogenem Nebel, ſelbſt. Er hatte aber den Auftrag die königliche Armee anzugreifen; er machte ſich auch die Hoffnung, daß wenigſtens Daun dem Könige nachfolgen und ihn im Rücken angreifen würde. Er gieng alſo dem Friedrich entgegen.

Bald ſtanden beiderſeitige Treffen im nahen Feuer die Schlacht war hitzig, und ſchon, bevor Loudon zu weichen anfieng, über 2 Stunden anhaltend. Loudons Truppen fochten mit der Uebermacht, wie die Löwen; der Verluſt war von beyden Seiten anſehnlich.

Daun, der nachher die Unmöglichkeit den Schwarzbach zu überſetzen zur Urſache angab, blieb aus. Der König ſetzte mit verdoppelten Kräften Loudons Heere zu.

Loudon verlaſſen, der ſo ſtarken Uebermacht längeren Widerſtand zu leiſten unvermögend, traf nun, über den Verluſt der Seinigen unbekworren, ſchnell, durch eine wunderbare und unter Millionen Menſchenſöhnen äußerſt ſeltene Faſſungskraft, die trefflichſten Anſtalten zum Rückzuge. Er zog mit ſeinen unerſchütterten Truppen in geſchloſſenen Gliedern, unter Beſchützung der von der Anhöhe bey Pinowitz trefflich ſpielenden Artillerie, in ſolche Gegenden, und auf die Art zurück, daß ihn Friedrich abziehen laſſen mußte, und ihm auf keine Weiſe

C 2   nach=

nachsetzen konnte. So wußte Loudon die preußische, wie Themistokles die persische Macht, in Unthätigkeitsstand zu setzen.

Der König sah mit Staunen diesen Rückzug an, und rufte die Worte laut aus: von diesem tapfern Soldaten muß man retiriren lernen! — Schlachtfeldräumend, siegt er! — — dieser Rückzug ist unstreitig das größte Meisterstück unter allen vorgegangenen Heldenthaten Loudons.

Aus Gelegenheit des meisterhaften Rückzuges erließ die Kaiserinn Maria Theresia an den Helden folgendes Kabinetsschreiben:

„Wien den 25. August 1760.

„Lieber Freyherr von Loudon!„

„Obzwar den 15 d. ein unglücklicher Tag für mich gewesen ist; weil es dem ungerechten Feinde gelungen hat, einer decisiven Schlacht zu entgehen, nur allein mit Eurem unterhabenden Korps anzubinden, und sich den Weg nach Breßlau zu eröfnen, andurch aber seine getheilte Macht zu vereinigen, und solche zwischen meine und die russische Armee zu stellen. So vermindert doch dieser wiedrige Ausschlag nicht im mindesten die großen Verdienste, so Ihr, wie auch alle Generals, Offiziers und Gemeine, die unter Euerem Kommando gefochten, erworben

ben habt; vielmehr lasse Euerer genauen Befolgung des erhaltenen Auftrags, wie ingleichen Euerer klugen und auf der Stelle ergriffenen Herzhaftigkeit und Vorsicht alle Gerechtigkeit wiederfahren. Ihr könnet, auf mein Wort, sicher glauben, daß ich solches in gnädigsten Andenken erhalten werde. „

„ Nicht minder gereicht mir die von Euch einberichtete und versicherte heldenmüthige Tapferkeit meiner Generalität, Offiziers und Trouppen zum größten Trost und innigsten Vergnügen. Solche rechtschaffene Kriegs-Männer verdienen mit Recht das größte Lob und meine vollkommene Gnade; wiedann hierauf bedacht seyn werde, ihr Wohlverhalten bey Gelegenheit zu erkennen. „

„ Diese meine Gesinnung habet ihr in meinem Namen dem ganzen unter Euerem Kommando gestandenen Korps behörig bekannt zu machen. Und ich setze in die Göttliche Verfügung das vollkommene Vertrauen, daß meine Armee annoch in dieser Kampagne die Gelegenheit erhalten werde, die Revange rechtschaffen zu nehmen und die Welt zu überzeugen, daß meine Trouppen den 15 d. nur in der Zahl, nicht aber in der Herzhaftigkeit und tapferen Verhalten von dem Feinde übertroffen worden. „

„ Wie ich nun auf Euern ferneren treuesten Eifer und ersprießliche Dienste sicheren

Staat

Staat machen kann; als verbleibe Euch auch mit Kaiser=Königlichen Landesfürstlichen Gnaden wohl gewogen.„

„Maria Theresia.„

Den 7 September 1760 nahm der König mit seiner Armee in Schlesien eine solche Wendung, durch welche der bey Nonnenbusch mit der Kavallerie gestandene Feldmarschalllieutenant, Baron von Nauendorf in große Gefahr gerieth, von den übrigen Loudonschen Heere abgeschnitten und aufgehoben zu werden. Gleich machte Loudon dagegen verschiedene künstliche und zur Rettung der Kavallerie dienliche Manöver; auch sein Heer bekam eine andere zu dem Ende passende Stellung.

Bey dieser Gelegenheit kam es mit den Preußen zu einem scharfen Gefechte. Diesem einen glücklichen Ausgang zu geben, dadurch die angenommene Stellung zu behaupten und so die Kavallerie zu retten, begab er sich so tief in den Kampf, daß er knapp an der Seite Raphaels von Schilling, der um diese Zeit schon bey dem Loudonschen Heere angestellter Major war, durch eine feindliche Flintenkugel eine starke Kontusion in rechten Arm bekam.

Gleichwohl verlor der Unerschütterte nicht im mindesten die Geistesgegenwart; er leitete das Gefecht unausgesetzt fort und sandte den

Major an die untergeordneten Generale mit Vorschriften ab, die zur Rettung Nauendorfs getroffenen Maßregeln fortzuführen und einige neue zu ergreifen.

Der große Feldherr, der gegen jede Gefahr in einem Augenblicke neue Mittel aufzufinden weiß, rettete glücklich, mit Aussetzung seines eigenen Lebens, die österreichische Kavallerie.

Hierauf setzte er festen Fuß bey Kosel in Schlesien, Willens diese Festung zu erobern. Bloß starke und oftmalige Regengüsse hinderten ihn, sein Vorhaben auszuführen.

Während der Zeit gieng Laci mit einer Abtheilung in das Brandenburgische, um dort mit Beyhilfe der Russen dem Feinde eine Diversion zu machen, und bemeisterte sich Berlins. Die Reichsarmee bemächtigte sich der Städte Torgau und Wittenberg; so war ganz Sachsen in österreichischen Händen. Dieß bewog den König aus Schlesien nach Sachsen aufzubrechen; ihm folgte Daun nach; auch Laci kam bald dahin. Den 3. Nov. 1760 schlug schon der Daunische Flügel den königlichen bis 10 Uhr Nachts bey Torgau aufs Haupt; auch der Lacysche schlug den Ziethenschen in die Flucht; an Getödteten und Verwundeten hatte der Feind einen Verlust von 13,000, an Gefangenen einen von 5000 Mann. Allein, weil die Anhöbe von Ziptiz nicht hinlänglich besetzt, und

E 4 Daun

Daun stark verwundet war; so besetzte Ziethen in der nähmlichen Nacht nach 10 Uhr die Anhöhe; das Treffen fieng in der nämlichen Nacht vom Neuem an, und die Oesterreicher verloren den schönsten Sieg. Daun hielt für gut, beym Anbruch des andern Tages, die Armee über die Elbe zurückzuziehen.

(Seit dieser Zeit fiel bey der Daunischen Hauptarmee in diesem Kriege nichts mehr merkwürdiges vor.)

Den 27. November 1760 hat die Kaiserinn dem Loudon das Infanterieregiment Wolfenbüttel verliehen. Dieß Regiment, weiß mit blauen Aufschlägen und weissen Knöpfen montirt, besitzt er, unter seinem Namen, bis jetzt.

Im Jahr 1761 vereinigte sich Loudon mit der russischen Armee, welche damals unter dem Feldmarschall Butterlin stand, den 19. August glücklich; obgleich ihm der König dagegen viele Hindernisse in den Weg gelegt hatte.

Bald darauf blieb von der russischen Armee beym Loudon, nach der mit Butterlin gemeinschaftlich getroffenen Einverständniß, nur ein Korps unter dem General Czernischew zurück. Der König hielt mit seiner Hauptarmee eine solche Stellung bey Bunzlewitz oder Schweidnitz, durch welche er so wohl sich gegen alle

An=

Anfälle sicherte, als auch die Festung Schweidnitz zu decken glaubte.

Loudon hielt sich mit seinem Heere und dem russischen Korps auf der andern Seite in der Nähe der Festung. Die Stellung der königlichen Armee machte ihm unmöglich, Schweidnitz einzuschließen, Laufgräben zu eröfnen, Breschbatterien anzulegen und so den Ort zu belagern. Nur hatte er, von der Bauart der Festung genau unterrichtet, sichere Nachrichten, daß dieselbe nicht stark genug besetzt, zu viel auf die nahe Gegenwart der königlichen Armee baue. Vorzüglich dieser Umstand brachte ihn zu dem Entschlusse, Schweidnitz, ohne die geringste Belagerung und der Nähe der feindlichen Hauptarmee ungeachtet, mit Sturm einzunehmen; er entwarf selbst den Plan hiezu.

Nach damaliger Kriegseinrichtung mußte ein jeder wichtiger Anschlag, vor dessen Unternehmung, von dem kommandirenden Generale dem Hofkriegsrathe nach Wien zur Genehmhaltung eingesandt werden. Den Plan zu der vorgefaßten Ausführung legte der Feldherr bloß dem Kaiser Franz vor.

Der zwar sehr kühne, bisher ganz unbekannte, nur von außerordentlichen, und äußerst eifrigen Kriegsgenien entwerf- und ausführbare, doch vollkommen gegründete Plan gefiel dem weisen Kaiser sehr wohl. Franz trug dem Lou-

von

von auf, das Vorhaben, ohne die vorläufige Anfrage, ins Werk zu setzen, mit dem Verheißen: daß er die Folgen davon selbst auf sich nehmen, verantworten werde.

Jetzt traf der Feldherr die vorsichtigsten Vorkehrungen zur gewaltsamen Besetzung der Festung, und trug Sorge dabey, daß der Endzweck der Vorkehrungen nicht entdecket und verrathen würde. Nach Vollendung dessen ließ er den 30. September 1761. die zum Sturmlaufen bestimmte Kolonne, die meistens aus österreichischen und russischen Grenadieren bestand, sich in der Nacht in größter Stille versammeln; sehr viele Leitern wurden herbeygebracht und alles übrige zum Sturm nöthige erschien in vollkommener Bereitschaft. Den 1. October um 3 Uhr Morgens nahm der Sturm seinen Anfang.

Die Truppen drangen, des mörderischen Feuers des Feindes ungeachtet, über das Glacis bis an die verdeckten Wege; verjagten die vorgefundenen Preußen, oder machten sie gefangen. Sie erstiegen, gegen Anbruch des Tags, alle 4 Forts der Festung zu gleicher Zeit glücklich, und bemächtigten sich der Thore in schneller Eile. Nun entstand in der Stadt ein großes Gemetzel. Aber Fürst Karl von Liechtenstein brach alsbald durch ein Thor mit seiner Reiterey in das feindliche Fußvolk und machte dem Morden ein Ende.

So wurde Loudon, ohne die geringste Belagerung und gleichsam im Angesichte der ganzen feindlichen Armee, binnen 3 Stunden Meister von Schweidnitz.

Der Nachricht davon wollte der König Anfangs keinen Glauben beymessen; fast unmöglich schien ihm die Begebenheit. Die Nachricht bestätigte sich. Friedrich staunte, und sah diese Eroberungsart für eine unerhörte Sache an.

Die erfreuliche Botschaft von der Eroberung schickte Loudon unmittelbar dem Kaiser Franz zu. Der frohe Monarch brachte seiner hohen Gemahlinn zu ihrem nahen Namenstage die Festung Schweidnitz zum Bindband über. Je unerwarteter vorher das große Bindband war, desto angenehmer war die Ueberraschung mit demselben der erhabenen Frau.

Die Kaiserinn beehrte den kühnen Eroberer mit ihrem eigenen, reich mit Brillanten besetzten Bildnisse. Sie verlieh ihm nebst bey das böhmische Indigenatsrecht, und schenkte ihm das im Czaslauer Kreise liegende Gut Kleinbetschwar; dessen Werth beyläufig 25,000 fl. beträgt.

Die russische Kaiserinn Elisabeth wandte 1761 viele Mühe an, den Helden Oesterreichs in ihre Dienste zu ziehen; sie ließ ihm durch ihren General, den Grafen von Czernischew, nebst andern erheblichen Vortheilen, die Feldmarschallswürde anbiethen.

Allein Loudon, der schon als Hauptmann aus treuer Anhänglichkeit gegen das Haus Oesterreich allen von seiner Vaterstätte erspringlichen Vortheilen entsagte, war nun als Feldzeugmeister schon ganz Oesterreichs Patriot, und sein Herz an dasselbe unzertrennlich geheftet. Er schlug die höchste Kriegsstelle, die Amtswürde aus, die ihm in Rußland nebst dem größten Ehrenglanz ein reiches Einkommen, so sehr es ihm angenehm gewesen wäre, 16 Jahre länger, als in Oesterreich, würde getragen haben.

Wenn man nebstbey die wichtigen Kriegsdienste in Betrachtung zieht, die er ohne den geringsten Eigennutz mit unverrückter Treue und lebhaftem Eifer dem Staate geleistet; so kann man mit allem Recht sagen: Loudon ist groß im Kriege, groß in Vaterlandsliebe.

(Die Beherrscherinn Rußlands starb den 6. Jäner 1772. Sowohl der auf den Thron gefolgte Peter der III., als auch die nach diesem vom 14. July eben desselben Jahres bis jetzt regierende Kaiserinn Katharina die II. traten auf die preußische Seite; so lenkte sich die den alliirten Oesterreichern geleistete russische Hülfe wieder dieselben. Diese Ereignisse bewirkten, daß seit derselben Zeit nichts mehr erhebliches von den kaiserlich österreichischen Armeen unternommen wurde, und der Hubertsburger Friede

be dem langen und verderblichen Kriege den 15.
Februar 1763 ein Ende machte.)

Verkleinerungen Loudons, Kabalen wi-
  der ihn und seine Stützen dagegen.

Der König in Preußen schrieb alle die im
Brandenburgischen in der Zeit verübten Verwü-
stungen und Exzesse, als Loudons- und der Rus-
senheer vereinigt bey Frankfurt an der Oder
standen, dem Loudonschen Heere zu, und führte deswegen wider dessen Anführer schriftliche
und bittere Klagen.

Graf Löwenwolde wußte Loudons gründ-
liche Rechtfertigung an mächtigen Orten anzu-
bringen. Die Anklage zog keine widrige Folgen nach sich.

Loudons glorreiche und immer heller glän-
zende Thaten machten den Neid mächtiger Ne-
benbuhler und Gegner rege. Eifersucht und
feindliche Gesinnungen brüteten oftmal verschiedene Verkleinerungen Loudons aus: die herr-
lichsten Ausführungen nannten sie, unter andern,
Kroatenstückel; sie schmiedeten mehrmal zu seinem Sturze künstliche Kabalen.

Loudon sah, nach der Sitte eines jeden großen Geistes, auf die niedrigen Kunstgriffe, ge-
wöhnliche Verdienste der Höflinge, mit Verach-
tung

tung herab; er war nur auf Erfüllung seiner
Berufspflichten bedacht.

Bloß Löwenwolde, durch patriotischen Eifer
angespornet, nahm sich des Würdigen an. Es
war ihm ein Leichtes, den treuen und sachthä=
tigen Anhänger des Kaiserhauses, Wenzel Für=
sten von Liechtenstein, den Beschützer des
Volks und eifrigen Beförderer des Besten des=
selben, Fürsten von Kaunitz, dann den weisen
und einsichtsvollen Kaiser Franz zur Beschir=
mung Loudons zu lenken. Diese gaben ein
unwiderstehliches Schild wider alle die Ränke ab.

Loudon nahm die Rache edler Seelen; er
bewies durch neue, immer herrlichere Thaten,
daß seine Verfolger es mit dem Vaterlande
nicht zum Besten meinten.

Ich setze meines Theils hinzu: die Ka=
balen beym Hofe, durch welche der Ehrsucht
überwiegender Personen geopfert oder feindlich
gesinnten Kniffen gesteuert wird, sind oft mehr
zu fürchten, als der ärgste Feind.

Die Freundschaft zwischen Loudon und
Löwenwolde war unzertrennlich und ausneh=
mend groß. Sie öffneten einander, durch ununter=
brochenen Briefwechsel und mündlich, alle
ihre Angelegenheiten ohne Anstrich, ganz offen=
herzig; sie liebten einander als wahre, innigste
Freunde.

Nach

Nach dem betrübten Absterben des verdienstvollen Greises, des besten Freundes weihte Loudon seine Gewogenheit dessen hinterlassenen Sohne. Der junge Rechtsgraf, Christian von Löwenwolde bekleidet jetzt eine Rathsstelle bey dem Gubernium in Lemberg.

Loudons Erhebung im Frieden.

Im Genusse des Friedens machte die Kaiserin Maria Theresia den gekrönten Feldherrn Loudon den 24. März 1766 zum wirklichen Hofkriegsrath, und den 25. November 1769 zum wirklichen geheimen Rath. Er bekleidete auch seit dem 13. November 1769 eine Zeitlang die Kommendantenstelle über Mähren, Schlesien, und die Stadt Brünn. Allein der Held legte bald diese erhabene Stelle nieder.

Auch führte er hierauf nur so weit das Amt eines Hofkriegsraths, in wie weit selbes sich unmittelbar auf Krieg bezieht. Uibrigens, widmete er sich den Beschäftigungen, denen er vor Ausbruch des siebenjährigen Preußenkriegs, oblag;

Den 26ten Oktober 1767 wurde er zum Mitglied des unmittelbaren Reichsritterkorpus, mit Einwilligung der gesamten Reichsritterkreise, selbstwillig und unentgeltlich aufgenommen. Frie-

Friedrich schätzte auch mitten im Frieden hoch den Loudon, seinen getreusten Begleiter und Gefährten im Kriege. Als der König 1770 dem Kaiser Joseph in seinem Lager bey Neustadt in Mähren einen Gegenbesuch erstattete; so nannte er den Loudon nicht nur bey allen Gelegenheiten einen Feldmarschall, sondern verehrte ihm überdieß zwey kostbare Reitpferde, mit prächtigem Sattel und Zeug, zum Geschenk. Das eine war für ihn, als einen General, roth mit goldenen Borden, das andere für ihn, als Inhaber seines Regiments, blau, mit eingesticktem Silber geschmückt.

Bey eben dieser Gelegenheit sprach der König, zu der Versammlung der Generalität, diese merkwürdige Worte: **Wir alle haben gefehlt, nur Heinrich mein Bruder, und Feldmarschall Loudon haben nie gefehlet.**

Die österreichischen Stände haben den Helden, Freyherrn von Loudon den 28. November 1767 in ihr Kollegium aufgenommen.

Schon die huldreichste Beherrscherin Oesterreichs äußerte die Willensmeinung, den Baron Loudon und das ganze Loudonsche Geschlecht in den Grafenstand zu erheben. Allein Loudon, dem nicht so viel an glänzendem Range, als an einem dem Titel ansprechenden Vermögen gelegen ist, verbath klüglich die Würde. Lou-

Loudon als Feldmarschall gegen die Preußen.

Beym Ausbruch des letzten Preußenkriegs wurde Loudon den 27. Februar 1778 zum Feldmarschall erhoben.

Um die obbemeldte Zeit wurde dem Freyherrn von Loudon, nebst der Feldmarschallswürde, auch ein bloß auf Befehl des Kaisers eingeschränktes Kommando über eine beyläufig 60,000 Mann starke Armee übergeben.

Heinrich, Prinz von Preußen, ein sehr kluger und vorsichtiger Feldherr brach aus Sachsen, mit dem sächsischen Heere vereinigt, mit einer bey 80,000 Mann starken Armee, in Böhmen ein. Gegen ihn agirte Loudon. Nun standen zwey nie besiegte, von allem Kriegsfehler bisher freye, kluge und listige Feldherren gegen einander. Ganz Europa war aufmerksam, welcher von beyden den andern übervortheilen, und besiegen, welcher von diesen beyden bisher gleich glänzenden Sternen den andern verdunkeln würde.

Heinrich unterhielt ein ruhendes Lager; nur mit wenigen Bewegungen und Märschen suchte er seinen Gegner zu überlisten, und ihm auf den Hals zu kommen. Loudons bey Kosmanoß gelagertes Heer in mehrere Korps abgetheilt, war gleich einer Wandelhorde, Tag und Nacht in Bewegung; durch verschiedene Stellungen suchte er den Prinzen Heinrich aus seiner guten Position in schlechte zu locken; er öfnete ihm sogar den Weg nach Prag. Allein Heinrich, obschon er den General Möllendorf auf einige Zeit einige Vorrückungen gegen Prag machen ließ, merkte doch die Falle, und blieb in seinem alten Lager.

Loudon wandte neue Listen von Wendungen und Stellungen seiner Truppen an. Endlich gelang es ihm den Prinzen durch verschiedene Korps von mehreren Seiten zu umzingeln; nun war Loudon seines Sieges gewiß. Schon waren Befehle ausgetheilt, die Preußen und Sachsen von allen Seiten 1778 zugleich anzugreifen.

Allein eben in dieser Zeit langte der Kaiser beym Loudon mit dem Verbot der Kaiserinn an, eine Schlacht zu liefern; weil sie zur Wiederherstellung des Friedens, der auch wirklich bald darauf zum Stande kam, wirksame Hand schon angelegt hat. Auf solche Art wurde dem großen Helden der glorreichste Sieg, zu seinem größten Verdruß, aus den Händen gewunden.

Die Loudonschen Abtheilungen behielten noch weiterhin ihre zerstörungdrohenden Stellungen. Heinrich ersah sich in der größten Gefahr;

fahr; flog mit solcher Schnelligkeit aus der Klemme, daß er vielen Proviant-und Munitionsvorrath theils verderben, theils im Stich lassen mußte, und zog sich eilends nach Sachsen zurück.

Auch Lacy hatte in diesem Feldzuge durch seine meisterhafte Stellung des Königs große Armee bey Nachod in einem engen Raume eingeschlossen gehalten, ihm alles weitere Vordringen verwehret, und endlich gezwungen, über Waldungen, Berge und Thäler sich mit sehr großem Verlust nach Schlesien zurückzuziehen.)

In Friedenszeiten genoß Loudon, als Feldmarschall ohne ein anderes Amt, vermög der Verfassungsregel, die Feldgage nicht. Aber den Abgang ersetzte ihm Kaiser Joseph, mit einer jährlichen Zulage von 6000 fl. reichlich.

Loudons Ehrensäule.

Zur Verewigung der unverbrüchlichen Staatstreue und der glorreichen Kriegsthaten Loudons ließ ihm Kaiser Joseph eine Ehren-und Bildsäule aufrichten. Sie blieb durch einige Jahre in dem hofkriegsräthlichen Rathssaale aufgestellt; jetzt pranget sie in dem großen und prächtigen Audienz- und Gesellschaftssaale des Hofkriegsraths Präsidenten, Feldmarschalls Haddick. Zur

Ur-

Ursache der Uebersetzung gibt man an: es wäre Besorgniß entstanden, dieselbe würde durch ihre Schwere die Hauptmauer des sehr geräumigen Rathssaals eindrücken. Meines Erachtens besteht die ächte Ursache in dem: daß sie in dem Audienzsaale aufgestellt, nicht nur von den Räthen des Hofkriegsraths besehen, sondern auch von andern sowohl bürgerlichen, als militärischen Vornehmen bewundert werden, und diesen zur Aneiserung dienen kann.

Die Ehren-und Bildsäule besteht in dem: Auf einer Manns hohen und eben so dicken, fein polirten Säule vom melirten röthlichen Marmor, ruhet das Brustbild Loudons, das mit einem schmalen und niedrigen, schwarzmarmornen und gut polirten Gestelle versehen ist. Das Brustbild ist vom Kararischen weißen Marmor gehauen und sehr fein polirt; es stellet das Original in antiquer Gestalt treffend vor. Die Säule führt auf ihrer Vorderseite eine auf lapidarische Art gestellte Aufschrift; die Buchstaben davon sind in den Marmor eingegraben und stark vergoldet.

Die Ehrensäule ist von dem Künstler Czerati in Wien verfertiget worden; das auf der Rückseite der Säule sich angemerkt befindet.

Die Aufschrift lautet folgendergestalt:

gedeons. loudoni. summi. castrorum.
praefecti.
semper. strenui. fortis. felicis. militis.
et. civis. optimi. exemplum.
quod. duces. militesque. imitentur.
josephus. II. aug. in. ejus. effigie. pro-
poni. voluit.
anno. CIƆ. IƆ. CCLXXXIII

Uebersetzt.

Gedeon Loudons,
Des obersten Feldherrn,
Eines allzeit tapfern, starken, glückli-
chen Kriegers,
Und des besten Staatsbürgers
Vorbild;
In eigener Gestalt,
Heerführern und Kriegsmännern
Vom Kaiser Joseph dem II.
Zur Nachahmung
Aufgestellt.
Im Jahre 1783.

Eigenschaften Loudons, als Helden der ersten Klasse.

In Kriegen gegen die Türken hatten sich Herzog Karl von Lothringen, Ludwig Markgraf von Baden, Eugen Prinz von Savojen als Helden von der ersten Klasse ausgezeichnet. Gleiche Ursachen machen Loudon zum Helden der ersten Klasse. Diese sind folgende:

1. **Rastlose Thätigkeit und Eifer**; er recognosciret, vernimmt Spionen, ordnet, sinnet Tag und Nacht dem Feinde Abbruch zu thun. 2. **Starker Muth und Feuer**, ohne hiedurch den Gang der Vernunft, Klugheit und Vorsicht aus dem Gesichte zu verlieren; so gelassen und sanft er sonst ist, so muthig und feurig ist er, wenn er zu Pferde sitzt, und kommandirt; da müssen die untergeordneten Befehlshaber auf das pünktlichste seine Befehle vollziehen. 3. **Richtige Auswahl geschickter und eifriger Offiziere zur Ausführung seiner Plane**; er besitzt die Gabe, die Geschicklichkeit und Thätigkeit seiner Subalternen genau zu erkennen und zu bestimmen; er weiset einem jeden seinen wahren Platz an. 4. **Ueberaus starkes Zutrauen und Liebe seiner Truppen zu ihm**; sie kennen

ken den Helden aus seinen Thaten; obschon er streng auf Erfüllung der Militarpflichten hält, so sorgt er auf der andern Seite für jede Bedürfniß seiner Truppen, gestattet ihnen im Lager alle Freyheit und Vergnügen, schanzt ihnen überall gute Beuten zu, sie lieben ihn; voll Zuversicht, daß sie der große Feldherr, ihr geliebter Vater gut angeführt, streiten sie wie Löwen, und siegen. 5. Genaue Kenntniß; der Lage der Gegenden; er studirt unausgesetzt in den besten Landkarten; überdieß nimmt er meistens selbst, oder durch andere Sachkundige, vor der Unternehmung, die Gegend in der Natur in Augenschein. 6. Richtige und geschwinde Abmessung der Gegenden nach dem Augenmaß; auf einen Blick erkennt er, wie viel Truppen der Platz zum agiren befassen kann, wo und wie Truppen mit guter Wirkung gestellt werden können. 7. Was mehr ist, Raschheit und Kühnheit seiner gut ausgedachten Angriffe; so nehmen seine Soldaten an Muth zu, und die Feinde ab; so erwirbt man Vortheile und schnelle Vorschritte, und der Krieg kommt bald zum glücklichen Ende. 9. Haltung guter und getreuer Ausspaher; wohl überzeugt, daß diese zur Vereitelung der feindlichen Absichten und zu glücklichen Aus=

füh=

führungen ungemein viel beytragen, verwendet er auf dieselben aus seinem eigenen Säckel sehr große Summen. 10. *Nachdrückliche Anrühmung und prompte Belohnung der Officiere, die sich auszeichneten*, nach ihrem Verdienste, ohne die geringste Nebenabsicht; die Soldatenvorsteher der größeren oder kleineren Ehre und Belohnung, nach dem Werthe ihrer Thaten gewiß, beeifern sich in die Wette, das Angeordnete auf das beste zu vollziehen. 11. Was ungemein schätzbar ist, *überaus große Ehrbegierde und starker, von allem Eigennutz reiner Patriotismus*; nur diese zwey Triebfedern müssen die Handlungen eines Feldherrn leiten; Eigennutz, die allgemeine Triebfeder der Handlungen der gewöhnlichen Menschen, ist bey einem Heerführer eine sehr gefährliche Leidenschaft. 12. *Einsicht und Entschlossenheit seines Geistes in Ueberwindung der größten Hindernisse*; beynahe jedes Unternehmen unterliegt seinen Beschwernissen; aber einer eindringenden, stärken und thätigen Seele ist es gegeben, die überwindbaren Hindernisse kühn zu überwältigen. 13. *Trotzbiethen den größten Gefahren*; er sieht leicht alle mit einer Vornehmung verbundene Gefahren ein; die abwendbaren weiß er durch Gegenmittel verschwinden zu machen, den unabwendwendbaren, die Sache selbst nicht zerstöreuden tritt er mit muthiger Stirne entgegen und besieget sie. 14. Was mehr ist, ein überaus starker Scharfsinn, die geheimsten Entwürfe des Feindes aus seiner Lage, Bewegungen und andern Umständen im voraus zu enträthseln und zu errathen; durch vorausgetroffene Gegenvorkehrungen ersticken entweder die Anschläge in der Geburt, oder sie fallen sehr übel aus. 15. Was noch mehr ist, Täuschung des Feindes durch Feinheit der Kriegslisten; er weiß durch allerhand Lenkungen, Märsche und Wendungen den Feind zu hintergehen, und in die Falle zu bringen; er weiß durch verschiedene Veranstaltungen seine wahre Absicht dem Feinde zu verbergen, ihn auf eine andere Absicht irre zu führen und sich gefaßt zu halten, alsdann führt er unvermuthet und unerwartet seine wahre Absicht plötzlich und glücklich aus. 16. Was das größte ist, die Schnelligkeit seiner Denkkraft und Gegenwart seines Geistes; beynahe in einem Augenblicke übersieht er, wie die Gefahr abzuwenden, Vortheil zu erringen sey; durch seine schnelle Einsichts-und Entschließungsfertigkeit bemerkt er im Blitz die noch so kurz dauernde Verlegenheit, den noch so kurz währenden Fehler des Feindes, und ergreift an der

Stelle die Maßregeln von der guten Gelegenheit, bevor sie verschwindet, Nutzen zu ziehen; keine, auch die größte Gefahr macht ihn verworren oder bestürzt.

Nur alle diese Erfordernisse bey einem Heerführer beysammen vorhanden, machen ihn zum großen Helden. Es bleibt also eine ewige Wahrheit: nicht die Tatik allein, sondern das Genie, die Natur gebärt große Feldherrn.

Loudons Körperbau, Charakter und Denkungsart.

Loudon, der unüberwundene Ueberwinder ist hager und groß von Person; hat nachsinnende, etwas tief im Kopf eingeschlossene Augen. Führt eine ernsthafte, tiefdenkende Miene. Sein Temperament ist aus dem cholerischen und melancholischen harmonisch zusammengesetzt.

Im Umgange, selbst bey den Tafeln der Großen, ist er weit vom Scherz entfernet, und redet äußerst wenig. Nur denen, welche bey ihm etwas ansuchen, oder zu Ausführungen gebraucht werden sollen, pflegt er zu dem Ende sehr viele Fragen zu stellen, um ihre Geschicklichkeit und Denkungsart auszuspähen. Man kann ihm durch keine List seine ein Geheimniß entlocken.

Sei=

Seine Kleidertracht ist einfach, etwas auf­fallend, nicht weniger als nach der Mode ge­stimmt. Er ist ein guter und getreuer Ehe­gatte; Liebsumgang mit Frauenzimmern hat er von jeher gescheuet. Er lebt sowohl im Trunk als Essen sehr mäßig. Er meidet Spie­le von jeglicher Art; bloß das Schachspiel die­net je zu Zeiten zu seiner Unterhaltung. Sei­nen Hauptzeitvertreib machen die Beschäftigun­gen, in Nebenstunden unterhält er sich mit der Gärtnerey, Landwirthschaft, und immerzu, wie gesagt, mit Schachspiele.

Er war nie geneigt seine Unterthanen zu drücken, um dadurch einen ungerechten Nutzen an sich zu bringen. Aus Gelegenheit seines er­habenen Amtes bezog und bezieht er niemal, weder in Friedens = noch Kriegszeiten, einen einseitigen Gewinst; er lebte jederzeit, und lebt jetzt bloß von seiner Gage. Er unterhält im Felde aus seinem eigenen Säckel mehrere ge­treue Spionen. Aus diesen Ursachen besitzt er, auf seine ausgebreitete Amtswürde, ein sehr unbeträchtliches Vermögen. Deswegen, und da er wenigstens jemand von der Lou­donschen Familie glücklich machen will, ist er mit Fug ein kluger und genauer Haushälter.

Lebende Loudonsche Familie.

Er hatte zwar mit seiner Ehegattinn einige Kinder, darunter auch einen Sohn erzeuget; sie sind aber alle frühzeitig verstorben. Doch sind von seinem leiblichen Bruder, Johann Rheinhold zwey Söhne am Leben, nämlich Otto Christoph Ernst, und Johann Ludwig Ernst. Seine jüngere leibliche Schwester war mit einem Loudon von der nämlichen Familie, nur von einer entfernteren Verwandtschaft, vermählet. Aus dieser Ehe sind drey Söhne entsprossen und vorhanden, nämlich Johann Gideon Ernst, Otto Adolph Rheinhold und Karl Gotthard Heinrich.

Aus diesen fünf Neffen und jungen Baronen von Loudon hat der Feldmarschall nur den ältesten Sohn von seiner Schwester, den Johann Gideon Ernst zu sich aus Rußland beruffen.

Die übrigen vier sind in russischen Kriegsdiensten engagirt. Sie bekleideten, noch im Jahre 1788, Oberlieutenantsstellen bey verschiedenen Regimentern. Als sich aber dieses Jahr seinem Ende nahete; hat die großmüthige Verdienstbelohnerinn, Rußlands glorreiche Beherrscherinn aus eigenem Antriebe alle die vier jungen Loudon, in Rücksicht der

er=

erhabenen Verdienste ihres großen Onkels und ihrer Kriegstalente, höher befördert. Einen davon hat sie vom Regimente weggezogen, und ihn bey ihrer eigenen Leibgarde als Offizier angestellt; die übrigen drey aber bey ihren Regimentern zu Hauptleuten ernannt. Diese sichere, vor einer kurzen Zeit aus Rußland angekommene Nachricht macht sowohl dem Feldmarschall, als seiner vielgeliebten Ehegattinn, da sie beyde an der Wohlfahrt der gesammten Neffen desselben einen großen und ungetheilten Antheil nehmen, ein lebhaftes Vergnügen.

Dem unter Oesterreichs Fittige befindlichen jungen Baron von Loudon, Johann Gideon Ernst hat die Kriegsübungen und die einfache Taktik der Major Hayd, als Hauptmann des Loudonschen Regiments, bey diesem Regimente beygebracht. Das Erhabene aber in der Kriegskunst hat ihm der große Meister selbst eingeflößet; auch ihn zum Erben seines Vermögens, wenigstens zum großen Theil, schon vorlängst bestimmet.

Dieser wohl und schön gebildete, hoch und schmeidig gewachsene, seinem erhabenen Onkel in der Gesichts- und Körpersbildung ziemlich gleichende, in dessen Hause für den gegenwärtigen Winter in Wien befindliche, und jetzt nur gegen 29 Altersjahre zählende Sol-

dat

bat war vor Ausbruch des gegenwärtigen Türkenkriegs als Hauptmann bey dem Loudonschen Regimente angestellt; in dem Kriege aber bekleidet er eine Flügeladjutantensstelle mit Majorscharakter bey dem Monarchen selbst.

Das eifrige und thätige, in dem erst vergangenen Feldzuge deutlich bewiesene Betragen des von dem ersten Meister in den militairischen Wissenschaften gebildeten, jungen Kriegers läßt was sehr gutes von ihm erwarten.

Der seit längerer Zeit bey dem Korps in Kroatien gegen die Türken angestellte General Klebeck, der sich vorzüglich bey der Belagerung der Festung Novi so rühmlich ausgezeichnet hat, ist ein Sohn von der ältesten Schwester des Feldmarschalls.

W. Klebeck, Generalmajor, seit der Eroberung der Festung Novi Innhaber des Infanterieregiments Tillier, in Liefland 1729 geboren, und aus dem uralt ritterlichen Geschlechte gleichen Nahmens entsprossen, ist von der Kaiserin Maria Theresia, wegen seiner schönen gegen die Preußen erfochtenen Verdienste, in Freyherrnstand erhoben und mit dem kleinen Kreuze des von ihr gestifteten Militairordens beehret worden.

Weil nach der Verfassung des Landes in sich selbst nicht dem Erstgebornen, sondern den nachgebornen Söhnen das Recht zukömmt, die Stammgüter zu besitzen, und zu genießen; so befindet sich nicht der General, sondern seine zwey jüngeren Brüder in Besitze der Güter der von Klebeckischen Familie. J. W. von Klebeck, russ. scher Major besitzt das Gut Alt-Lasdohn, C. O von Klebeck, russischer Hauptmann und bey den Landständen Ordnungsrichter das Gut Praulen. Beyde haben die russischen Kriegsdienste schon vorlängst quittiret.

Von den in Schottland verbliebenen Loudonschen Linien hat man, nebst der schon erwähnten, noch folgende Nachricht. Ein Lord Loudon, Herr der Grafschaft dieses Nahmens und noch andern Vermögens hielt seinen Wohnsitz in London, und hatte eine einzige Tochter am Leben. Mit diesem stand der Feldmarschall in der Korrespondenz. Es wurde einstens dem Feldherrn der Vorschlag gemacht, einen Loudon aus Liefland nach England zu senden, um ihm mit der Zeit mit der Ladi Loudon zu verehlichen. Allein es blieb, ich weiß nicht warum, beym Vorschlage. Erst vor wenigen Jahren starb in London dieser Lord da seine hinterlassene Tochter noch minderjährig und sehr jung war.

Sowohl der Feldmarschall, als auch sein Zögling bedienen sich in Unterschriften bloß des Worts Loudon, oder, bald Gideon, und was auf eines hinausgeht, bald Gedeon Loudon.

Loudons Vermögen.

Jetzt will ich auch auf das Vermögen des Feldmarschalls einen Blick werfen.

Das erste unbewegliche Gut, das Loudon in den österreichischen Staaten besaß, war, das ihm von der Kaiserin Maria Thesia geschenkte, in Böhmen liegende Gut Kleinbetschwar. Er bekam Lust, dazu das Gut Großbetschwar vom Baron Brandeis zu kaufen. Er machte also alle seine Prätiosen zu Gelde, und brachte im Jahre 1764 Großbetschwar um 80,000 fl. käuflich an sich; blieb aber noch einen beträchtlichen Theil darauf schuldig.

Zu der bald nach Spaa, wegen Herstellung seiner Gesundheit, unternommenen Reise, ließ ihm die Kaiserin 1000 Dukaten reichen.

In der Folge kaufte ihm Maria Theresia die beyden Güter Betschwar ab.

Nun hat Loudon zu seiner Wohnung ein Haus in Herrnals um 13,000 fl. er-
kau-

laufet. Aber, die 13,000 fl. hat ihm die großmüthige Frau selbst, unter dem schönen Vorwande, auszahlen lassen: daß sie ihm dieselben, als ein Schlüsselgeld auf die erkauften Güter Betschwar, schuldig geblieben sey.

Der Feldherr brachte das Gut Habersdorf, das unweit Wien hinter Mariabrunn liegt: um 75,000 fl. käuflich an sich. Seitdem hat er seine Wohnung auf dem dortigen Schlosse für beständig aufgeschlagen.

Die mildeste Frau ließ sich beym Loudon zum Kaffeefrühstücke einladen und erwies ihm die hohe Gnade es bey ihm einzunehmen. Da sie den nach Habersdorf führenden Weg und Brücke schlecht bestellt fand; so ließ sie ihm zur Herstellung derselben 6000 Fl. auszahlen.

Das Haus in Herrnals überließ er, gegen Entrichtung gewisser jährlichen Renten, dem Marquis Spinola zum Genuß.

Endlich verkaufte er gar, wegen einiger Streitigkeiten, das Haus in Herrnals.

Zu einem Absteigquartier in der Stadt, schenkte ihm die gnädigste Monarchin das Haus auf der Schottenbastey Nro. 101.

Weil aber dieses Haus für ihn nicht genug geräumig war; so gab sie ihm noch ein an-

anders Haus in der Alstergasse, das hinter dem jetzigen allgemeinen Krankenhause liegt, zum Geschenk.

Aber in der Folge hat Loudon diese beiden Häuser verkauft, und sich zum Absteigquartier in der Stadt, darinn eine Wohnung gemiethet gehalten. Das vorletzte Quartier, das er bis in Oktober 1783 inne hatte, war im Lilienfelder Hof in der Weihburggasse.

Der Feldmarschall besitzt also, ausser vielleicht einigen Kapitalien, kein anderes Vermögen, als das Gut Hadersdorf.

Loudons Freunde.

Wenn ich alle Freunde des Feldmarschalls hier anführen wollte; so müßte ich alle Kriegsmänner der gesammten Heere Oesterreichs, vom Gemeinen bis zum General gerechnet, ja alle die vielen Millionnen Bewohner der ungeheueren österreichischen Monarchie, vom Kleinsten bis zum Grösten gerechnet, ungetheilt darunter begreifen. Allein mein Wille ist, hier nur diejenigen Freunde des Feldherrn hier anzufügen, welche mit ihm in besonderen Verhältnissen stehen.

Vinzenz Freyherr von Engelhartt und Schnellenstein, 1726 gebohren, jetzt Generalmajor und Präses der Militar=Oekonomiekommission steht von vielen Jahren her im vorzüglichen und ununterbrochenen Vertrauen und Gunst des Feldherrn. Er schwang sich vom Fähnrich, durch seine sowohl in dem österreichischen Successions= als auch in dem siebenjährigen und letzten Preußenkriege vielfach bewiesene Tapferkeit, zu den schönen Würden empor. Er hat als Oberster und Kommendant des Loudonschen Regiments durch sein stets eifriges Bemühen bewirket, daß dieses Regiment trefflich geübt, beständig im guten Stand, Zucht und Ordnung blieb. Sein in allen Stücken edles Betragen verdient hochgeschätzt zu werden.

Der Generalmajor, Raphael Reichsgraf von Schilling genoß schon seit der Schlacht bey Frankfurt an der Oder, vom 1759 an, einer besonderen Gewogenheit des Feldherrn. Die Gewogenheit währte von derselben Zeit an und währte bis jetzt unausgesetzt fort. Das Wohlwollen erwarben dem Grafen seine bey derselben Schlacht erworbenen Verdienste, die Fortdauer desselben seine nachfolgenden Kriegsdienste, seine unverrückte Rechtschafenheit, Herzensgüte und Dienstfertigkeit.

Entgegen trug der Graf zu allen Zeiten ununterbrochen und trägt bis jetzt eine unge=

heuchelte, wahre Freundschaft, Liebe und Ergebenheit zum Loudonschen Hause. Wo sich immer eine Gelegenheit ereignete demselben nützliche Dienste zu leisten, spannte er hiezu alle seine Kräfte, auch im Verborgenen, auf das äußerste an; und dieses thätige Bestreben setzt er noch immerwährend, auch in Geheim, mit lebhaftem Eifer fort.

Es genießt nicht minder der Baron von Saamen, Generaladjutant des Feldmarschalls von vielen Jahren her einer ununterbrochenen besonderen Wohlgewogenheit und Vertrauens desselben.

Saamen führte sowohl in dem siebenjährigen Preußenkriege, nebst dem Rüsten, Anfangs als Rittmeister, hernach als Major, als auch in dem letzten Preußenkriege als Oberster, den Brief- und anderer Schriftengang, wie auch die Berichtserstattungen des Feldherrn. Seit Endigung dieses Krieges führte er alle, auch die geheimsten Korrespondenzen, und alle, auch die wichtigsten, sowohl schriftlichen, als auch andere Angelegenheiten des Feldmarschalls.

Als Loudon in dem erst verflossenen Jahre das Oberkommando über die Armee in Kroatien übernahm; so verlangte er zugleich den in Pensionsstand gesetzten Obersten Saamen zu sich als Adjutant ins Feld. Der Monarch

narch gab nicht nur seine Einwilligung hiezu, sondern er ernannte auch, aus eigenem Antriebe, den Obersten mit der Aeußerung zum General: daß er solcher zu seyn, schon längst verdienet habe.

Loudon traf an ihm eine sehr gute Wahl. Saamen ist in allen Geschäften ungemein eifrig, äußerst verschwiegen, unermüdet arbeitsam, in den militarischen Wissenschaften trefflich bewandert, auch der Gelehrsamkeit ergeben; er ist überhaupt ein sehr geschickter, und überdieß ein rechtschaffener, lieber Mann.

Wie überhaupt Loudon Niemand andern seines Vertrauens würdiget, Niemand andern, wenn er auch sein Sohn wäre, einem Geschäfte vorstellet, als den, welcher von geprüfter Rechtschaffenheit und Verschwiegenheit ist, der dem Geschäfte ganz gewachsen, und hierinn recht eifrig und thätig ist.

Der General, Baron von Saamen, der bereits über das 60 Altersjahr gerückt ist, befindet sich für diesen Winter in Wien an der Seite des Feldmarschalls, in der Wohlzeil Nro. 2008 wohnhaft.

Es ist ingleichen der Feldherr seinem Flügeladjutanten, dem Major Hayd, wegen seiner genauen Kenntniß des Militarfachs, Diensteifers, Tapferkeit und Rechtschaffenheit,

schon

schon seit längerer Zeit her, mit besonderem Zutrauen gewogen.

Er ließ durch ihn seinen lieben Neffen selbst in den Kriegsübungen und der Regimentstaktik unterrichten. Bey der Uebernahme des Oberkommando in Kroatien zog er auch den Hauptmann Hayd zu sich als Adjutanten ins Feld. Dabey wurde diesem der Majorscharakter beygelegt.

Der Major Hayd befindet sich für diesen Winter gleichfalls in Wien an der Seite des Feldmarschalls.

Loudon Feldherr gegen die Türken

Bis zum Anfang Augusts des 1788 Jahrs lebte der Held auf seinem Gut in stiller Ruhe, in den erwähnten Beschäftigungen und Zerstreuungen fort.

Kaum als in demselben Jahre im Monat Februar der Krieg wieder die Pforte ausbrach; so erschallte sogleich überall laut der ungetheilte Wunsch des Volks und der Kriegsheere, den berühmten Feldherrn Loudon an der Spitze der Armee zu wissen. Der Kriegslauf gieng den gewünschten Gang nicht; der Anführer des Korps in Kroatien, Fürst Karl Lichtenstein fiel in eine schwere Krankheit. Nun lud der Kaiser

in den schmeichelhaftesten Ausdrücken den glorreichen Sieger zum Kommando über die Armee
in Kroatien dergestalt ein, daß er hierinn von
keinen andern, als den Befehlen des Kaisers
abhängen solle. Der graue, jetzt bald 73 Altersjahre zählende Held nahm im Anfang Augusts die oberste Feldherrnstelle an. Unaus-
drüklich ist die Freude des gesammten Volks,
und der Armee darüber.

Der gnädigste Monarch hat dem Feld=
herrn, zur Erleichterung der Anschaffung der
Feldequipage, die besondere Gnadenfreyheit er=
theilt, sich aus den kaiserlichen Ställen Pferde,
aus der kaiserlichen Wagenburg und Küche
Wägen und Geschirr nach Belieben auszusuchen
und zu wählen.

Seit dem 19 August führt der allgemein
geliebte Krieger das Oberkommando in Kroati=
en gegen die Türken. Im Monat September,
darauf hat der Kaiser den Befehlen des grosen
Loudon auch das General Mitrowskische Korps
unterworfen, das bisher an der Save gegen
Bosnien und türkisch Kroatien den Kordon
bewachte. Durch diesen Zuwachs wurde die
ihm untergeordnete Armee beyläufig 50,000
Mann stark.

Der graue, mit Lorbern bekrönte Feld=
herr genoß bisher im türkischen Kroatien, zu
Folge eingegangener zuverläßigen Nachricht,

E 4 durch

durch die Luftveränderung, der besten und noch statthafteren Gesundheit, als vorhin.

Uiberaus gegründet ist die Hoffnung, welche das ganze Volk, die Kaiserstadt und die Armeen auf den weltberühmten Eroberer bauen. Heil und Segen dir großer Krieger!